Inhaltsverzeichnis

Inhaltsverzeichnis 1
Vorwort 3
Sexgeschichte ab 18 Jahre 5
   Fick mich! 5
Impressum 64

Sexgeschichte ab 18

Fick mich!

DiKay

Copyright © 2016 DiKay, Autorin

1. Auflage 2016

Herstellung und Verlag:

BoD - Books on Demand, Norderstedt

ISBN 978-3-7431-1142-4

Vorwort

Zuerst einmal vielen herzlichen Dank dafür, dass du dich heute für meine Sexgeschichte entschieden hast. Ich hoffe, dass dir die erotische Geschichte gefällt und würde mich natürlich freuen, wenn du das Buch positiv bewertest. Es erwartet Dich eine Sexgeschichte mit eindeutigen sexuellen Handlungen. Die Geschichte soll vor allem deine Lust wecken und du sollst deine Freude daran haben. Es geht natürlich immer noch etwas härter oder etwas ausführlicher. Die Geschichte ist als Appetizer gedacht. Am besten verführst du nachdem lesen deine Partnerin oder deinen Partner oder - noch besser - du lässt dich verführen. Egal wie rum, Spaß wird es machen! Sex ist die schönste Beschäftigung der Welt. Wenn dir den ganzen Tag über sexuelle Fantasien im Kopf herum schwirren, dann bist du hier genau richtig. Aber bei dieser Geschichte handelt es sich um ein wahres Sex Erlebnis. Es war so geil, dass ich die Sexgeschichte unbedingt weitererzählen musste. Darum wünsche ich dir nun viel Spaß bei meinem Sexabenteuer!

Sexgeschichte ab 18 Jahre

Fick mich!

Mit einem Seufzer lasse ich mich auf dem freien Sitzplatz in der U6 stadtauswärts nieder. Hinter mir liegt ein 12 – Stunden Marathon im Büro, unterbrochen lediglich von einer 10 minütigen Mittagspause, in der ich ein Sandwich und einen Schokoriegel verschlungen habe, um gleich darauf zum nächsten Meeting beordert zu werden. Kurz gesagt: Ich bin hundemüde und froh, dass sich dieser Tag langsam dem Ende neigt. Ich checke noch eben mein Handy nach ungelesenen Benachrichtigungen, lasse es dann zurück in meine Handtasche rutschen. Ich überschlage ein Bein, lehne mich nach hinten und betrachte ein Werbeplakat für Hörgeräte oberhalb der gegenüberliegenden Sitzreihe, ohne es wirklich zu lesen.

Ich denke an diesen Vollidioten Geschäftsführer-Stellvertreter, der während der Urlaubszeit die Entscheidungen in der Firma trifft – und der es doch tatsächlich wagt, mich erst vor allen anderen bloßzustellen, um mich dann auf so schmierige Weise anzubaggern, dass ich ihm am liebsten eine gescheuert hätte.

Ja, ich bin blond, aber das heißt noch lange nicht, dass ich unqualifiziert, blöde, oder nur fürs Bett zu gebrauchen bin! Dämliches

... ich schnaube, stoppe mich in meinen eigenen Gedankengängen. Was soll's. Männer wie ihn gibt es in jeder Abteilung: Selbstgerecht, schleimig und immer auf der Suche nach Bestätigung. Von Frauen, die ihnen das Wasser reichen können, fühlen die sich doch sowieso nur bedroht. Jeder Gedanke an solche Typen ist die reinste Zeitverschwendung!

Ich versuche, nicht mehr an die Arbeit zu denken, als an der nächsten Haltestelle ein Mann den Wagon betritt, dessen Anblick alleine ausreicht, um mich unmittelbar unter Strom zu setzen. Er trägt Jeans, ein weißes Shirt und eine schwarze Lederjacke, ist mindestens 1,85 Meter groß und ... mir fehlen die

Worte. Unauffällig rücke ich mich zurecht, richte mich auf, frage mich plötzlich, ob mein Makeup noch sitzt.
Männer wie diesen trifft man normalerweise nicht in U-Bahnen … man sieht sie, wenn sie in schicken Sportwagen vorbeifahren oder von Werbeplakaten für Unterwäsche lächeln, aber bestimmt nicht an Orten wie diesen!
Ob ich mir meinen Pferdeschwanz neu binden sollte? Was, wenn er zu mir herübersieht und ich total müde und abgekämpft wirke?
Obwohl genügend Plätze frei sind, bleibt er in der Nähe des Ausgangs stehen. Ich gebe mir Mühe, es nicht zu tun, dennoch ertappe ich mich dabei, immer wieder zu ihm hinüberzuschauen. Ich sehe seine

Brustmuskeln, die sich unter dem Shirt abzeichnen. Kräftige, gepflegte Hände, mit denen er sich eine kastanienbraune Haarsträhne aus dem Gesicht streicht und einen Po, der verrät, dass dieser Mann regelmäßig Sport betreibt.

Ich starre ihn bereits seit geraumer Zeit an, als mir bewusst wird, dass auch er mich ansieht. Schnell blicke ich zu Boden. Verdammt, ich laufe rot an, hoffe, dass er es nicht bemerkt. Irgendwie habe ich das Gefühl, dass er es sehr wohl tut und dabei auch noch grinst.

Als ich wieder normal Luft holen kann, wage ich einen Blick in seine Richtung und stelle fest, dass ich mich nicht geirrt habe. Er fixiert mich!

Dabei sind seine Mundwinkel leicht nach oben geschwungen.

Ich bin wie magnetisch angezogen, kann mich nicht losreißen, auch wenn ich es wollte. Ich versuche mich an einem hilflosen Lächeln, scheitere kläglich daran. Währenddessen betrachtet er mich unaufhörlich. Seine Gesichtszüge sind sanft, aber was von ihm ausgeht ist Stärke und Entschlossenheit. Kein Funken Unsicherheit, kein Funken Betretenheit ist an ihm zu erkennen. Im Gegenteil, er strahlt etwas aus, das ich nur schwer ausdrücken kann: Keine Arroganz, nein, eher Überlegenheit. Ja, in seiner Gegenwart fühle ich Demut. Es scheint, als wäre er es gewohnt, von seinem Umfeld respektiert zu werden, und zwar ohne Wenn und Aber.

Ich würde alles geben, um seinen Namen zu erfahren. Ein paar Worte mit ihm zu wechseln … von ihm auf einen Drink eingeladen zu werden. In meinem Kopf läuft ein nicht-jugendfreies Kino, in welchem er mir hier in der U-Bahn die Kleider vom Leib reißt und mich so leidenschaftlich küsst, dass es mir den Boden unter den Beinen wegreißt.

Mir steigt schon wieder die Röte ins Gesicht. Beschämt stiere ich meine Jeans an und versuche, die Gedanken an seine nackte Haut zu verjagen. Normalerweise denke ich doch beim Anblick eines Mannes nicht sofort an Sex. Was zum Teufel ist los mit mir? Ja, ich bin Single, und das auch schon seit ein paar Monaten, aber deswegen müssen meine Hormone doch nicht gleich verrücktspielen, nur weil mich ein unverschämt attraktiver Typ ansieht!

Plötzlich rückt er sich den Kragen zurecht, stülpt ein Namensschild aus der Brusttasche und beginnt die Leute neben sich nach ihrem Fahrausweis zu fragen. Mir klappt die Kinnlade nach unten. Ich brauche ein paar Momente um zu begreifen. Ein … Fahrscheinkontrolleur? Seit wann gibt es so junge Fahrscheinkontrolleure?

Normalerweise sind die doch weit über 40 und so unscheinbar, dass man sich Minuten später schon nicht mehr an ihr Gesicht erinnert. Dieser

Mann aber ist höchstens Anfang Dreißig und so unverschämt gutaussehend, dass ich einen Moment lang denke, meine Freundinnen würden sich einen schlechten Scherz mit mir erlauben. Vielleicht bin ich auch bei Versteckter Kamera gelandet. Aber nein. Alle um mich herum bleiben ernst. Niemand außer mir scheint diese Situation als seltsam zu empfinden.
Unauffällig beobachte ich, wie er sich einen Ausweis nach dem anderen zeigen lässt. Auch andere weibliche Fahrgäste gaffen ihn länger an, als es üblich wäre. Ich muss gestehen, das passt mir überhaupt nicht.
Als er sich mir schließlich nähert, schnellt mein Puls in die Höhe. Ich

versuche mir zurechtzulegen, was ich gleich sagen werde – Hallo, wie geht's? Wie ist Ihr Name … kennen wir uns nicht von irgendwo? Oh Gott wie peinlich. Wirklich alles, was mir in den Sinn kommt, klingt absolut idiotisch. Vielleicht habe ich ja Glück und er spricht mich an …

Je näher er kommt, umso konfuser werden meine Gedanken. Ich beschließe, erst mal durchzuatmen und mich zu sammeln, um mich nicht gleich vollends zu blamieren. Eine Frau mit Kleinkind steckt gerade ihren Fahrausweis zurück in die Tasche, als er weniger als einen halben Meter vor mir stehenbleibt. So nah, dass ich einen Hauch seines Parfums riechen kann. Nun ist es endgültig um mich geschehen. Mein

Gehirn bringt keinen einzigen klaren Gedanken mehr heraus, geschweige denn ein verständliches Wort, das ich hätte sagen können.

Er ist glatt rasiert, die Haut leicht gebräunt. Seine Augen sind dunkelblau, oh Gott, ich habe Angst, darin zu ertrinken, vergesse zu atmen. Ich sehe keine Regung in seinem Gesicht, nur die tiefschwarzen Pupillen, die sich weiten. Irgendwann hebt er die Brauen, als würde er mich etwas fragen wollen.

Ich runzle die Stirn, verstehe nicht. Wenn du meine Nummer willst, musst du es aussprechen!

»Ihre Fahrkarte«, hilft er mir auf die Sprünge.

Oh. Ja, klar, meine Fahrkarte, was auch sonst. Wie blöd. Hektisch krame ich in meiner Handtasche. Meine Geldbörse, wo war sie noch mal? Verdammt, ich kann sie nicht finden … das, das gibt's doch nicht. Meine Hände zittern, während ich zum dritten Mal das Seitenfach durchwühle, aber außer ein paar Kaugummis, einer Wimperntusche und einem Taschentuch finde ich dort nichts.

Ich krame weiter, doch eigentlich weiß ich es bereits. Verdammt, ich habe meine Geldbörse im Büro liegen lassen. Ich weiß sogar, wo: In der ersten Schublade meines Schreibtisches.

Wie unangenehm. Ich werde beim Schwarzfahren erwischt. Nicht genug, dass mich alle anderen Fahrgäste anstarren – ich muss mich auch noch vor dem attraktivsten Mann auf diesem Planeten rechtfertigen.

Als ich es wage, aufzusehen, schnaubt er, als wisse er längst, dass ich ohne gültigen Fahrschein unterwegs bin. Ich bräuchte eigentlich gar nichts mehr zu sagen, tue es aber doch: »Ich, ich ...«, stammle ich, »... es ... tut mir ...«

In seinem Gesicht taucht ein Ausdruck auf, der mir am Nacken eine Gänsehaut beschert. Er hebt sein Kinn, mustert mich von oben herab. Obwohl er mich so schon um mehr als einen halben Kopf überragt, wirkt er nun noch größer und überlegener. Seine Mundwinkel

zucken, und irgendwie habe ich das Gefühl, die Situation würde ihn prächtig amüsieren. »Sie sind ohne Fahrausweis unterwegs?«, fragt er.
Ich möchte im Boden versinken. Beschämt nicke ich.
»Sie wissen, was das bedeutet?«
»Ich … habe meine Geldbörse vergessen!«, rufe ich wie ein Volksschulkind.
Er legt den Kopf schief, als würde er mir kein Wort glauben.
»Wirklich! In meinem Büro! Ich meine … es tut mir leid, es … kommt auch nicht wieder vor! Versprochen!«
Ein Lächeln huscht über sein Gesicht und kurz erblicke ich zwei Reihen tadellos gepflegter, weißer Zähne. Kaum ist es da, ist das Lächeln auch schon wieder verschwunden. Er

zieht scharf die Luft ein und greift nach einem Notizblock, um sich meine Daten zu notieren. Oh Gott. Ich weiß, was das bedeutet: Mindestens 35 Euro Bußgeld. »Aber … ich habe doch einen Ausweis! Ich kann es beweisen! Lassen Sie mich kurz telefonieren, vielleicht erreiche ich jemanden im Büro, der mir ein Foto davon schicken kann!«
Seine Augen wandern an mir hinab. Vielleicht bilde ich es mir auch ein, aber ich meine, sie bleiben einen Tick zu lange am Ausschnitt meiner Bluse hängen. Von jedem anderen hätte mich ein derartiger Blick zur Weißglut gebracht, aber dieser Mann darf das. Und wenn er mir augenblicklich seine Zunge in den Hals stecken würde, wäre es in

Ordnung. Aber ich komme vom Thema ab. Wo waren wir nochmal stehengeblieben? Ach ja, ich muss Strafe zahlen.

Die U-Bahn hält an der Station, an der ich eigentlich hätte aussteigen sollen. Zwei Jugendliche huschen verdächtig schnell zur Tür hinaus, als diese sich öffnet. Die Glücklichen, denke ich. Hätte ich meinen Ausweis nicht vergessen, hätte es sie erwischt.

»Können wir aussteigen?«, piepse ich kleinlaut. »Das ist meine Haltestelle«.

Er nickt und folgt mir nach draußen. Ich bin froh, den neugierigen und schadenfrohen Blicken der anderen Leute in der U-Bahn zu entkommen. In der Station wimmelt es nur so von

Menschen. Zum Glück, so fallen wir nicht weiter auf.

»Wie heißen Sie?«, fragt er mich.

Ich verdrehe die Augen. »Julia, ich heiße Julia Berger, aber bitte, geben Sie mir ein paar Minuten! Ich versichere Ihnen, ich bin nicht schwarz gefahren ... also ... nicht wirklich!« Ich überlege, wer um diese Zeit noch im Büro sein könnte. »Tina! Meine Kollegin macht oft Überstunden! Sie könnte mir ein Foto vom Ausweis schicken!«

Er straft mich mit einem tadelnden Blick. »Mich interessiert weder Ihre Kollegin, noch ein Foto Ihres sogenannten Ausweises. Was mich interessiert ist einzig und allein die Tatsache, dass ich Sie beim Schwarzfahren erwischt habe. Und wer beim Schwarzfahren erwischt wird, muss bestraft werden. So lautet die Vorschrift.«

»Können … können Sie nicht eine kleine Ausnahme machen? Einmal?«. Ich versuche mich an dem unschuldigsten Lächeln, zu dem ich fähig bin, aber er zeigt sich unbeeindruckt.

Das verrückte an dieser Situation ist, dass ich mir die ganze Zeit vorstelle, wie seine Lippen wohl schmecken würden … oder seine Zunge. Ich frage mich doch tatsächlich, ob er Boxershorts trägt oder doch Pants. Oh Gott, habe ich gerade tatsächlich an seinen Penis gedacht? Reiß dich zusammen, Julia, befehle ich mir im Stillen.

Irgendetwas – keine Ahnung, was genau - sagt mir, dass hinter seiner strengen Miene Ähnliches vorgeht. Vielleicht bilde ich es mir auch ein, aber seine Augen verschlingen mich auf eine Weise, die ich nicht beschreiben kann. Von diesem Mann geht nach wie vor etwas aus, das mir völlig fremd ist: Etwas, das mich einschüchtert und gleichzeitig so stark anzieht, dass ich mich kaum zu wehren vermag.

»Ich schlage vor, Sie kommen erst mal mit.« Er packt mich am Arm und zieht mich mit sich wie eine Kriminelle, die abgeführt wird. Etwas in mir schreit danach, mich zu wehren, ihn von mir zu stoßen, ihn anzubrüllen, was in Gottes Namen er sich einbildet. Etwas anderes in mir kostet es aus, von ihm berührt zu werden.

Er bringt mich in einen Raum am Ende der Station. Eine Art Aufenthaltsraum für Personal, wie ich vermute. Darin befinden sich eine Garderobe, ein Kaffeeautomat und ein Tisch mit zwei Sesseln. Er schließt die Tür und lässt mich los. Ich sehe mich um. Es gibt keine Fenster, natürlich nicht. Die Wände sind dunkel, aber irgendwie strahlen sie etwas Warmes aus. Hier also sollen wir die Angelegenheit klären. Dieses Formular ausfüllen oder was auch immer.

Er lehnt sich gegen den Tisch und betrachtet mich mit verschränkten Armen. Schon wieder fühle ich mich zugleich unwohl und wohl in seiner

Gegenwart. Mir wird bewusst, dass ich nicht mal seinen Namen kenne.
»Wie heißt du?«, sage ich und wundere mich selbst ein wenig über den Trotz in meiner Stimme und den Mut, ihn einfach so zu duzen.
Es scheint ihn nicht weiter zu stören.
»Du willst wissen, wie ich heiße?«
Ich zucke mit den Achseln. »Wenn du mir schon Geld abknöpfst für ein Vergehen, das ich gar nicht begangen habe, möchte ich wenigstens wissen, mit wem ich es zu tun habe.«
Etwas in seinen Augen blitzt auf. Er erhebt sich, geht einmal um mich herum. »Du bist ganz schön frech, stelle ich fest.« Sein Unterton sagt mir, dass es ihm gefällt … oder auch nicht, denn im nächsten Moment

formt er seine Augen zu schmalen Schlitzen und funkelt mich wütend an.

Ich muss zugeben, gerade eben macht er mir Angst, aber ich bleibe standhaft und gebe mich selbstbewusst. Ich nehme die Schultern nach hinten, schaue genauso wütend zurück. »Was wird das hier?«, zische ich ihn an. »Etwa ein Verhör? Ich sehe aber keine Beamten. Also sag mir, wieviel Geld ich dir schulde und dann lass mich in Ruhe.«

Er grinst. »Ich dachte, du hättest deine Geldbörse vergessen.«

Verdammt. »Dann … stell mir eine Rechnung aus. Einen Erlagschein, so funktioniert das doch in der Regel!«

Er kommt nahe an mich heran, hebt mein Kinn, sieht mir direkt in die Augen. Ich schnappe nach Luft, bekomme weiche Knie. Weiß nicht, ob ich ihn lieber küssen möchte oder ihm eine Ohrfeige verpassen.

»Ich werde dir keinen Erlagschein ausstellen«, murmelt er. Und dann, so plötzlich, dass ich nicht weiß, wie mir geschieht, umfasst er meinen Nacken und küsst mich leidenschaftlich und fordernd. Er fragt nicht lange, nimmt sich, was er will. Mit seiner Zunge öffnet er mir die Lippen und nimmt meinen Mund in Besitz. Ich komme erst gar nicht dazu, zu widersprechen ... eigentlich will ich es auch nicht, aber ehe ich seinen Kuss erwidern kann, trennt er sich schon wieder von mir.

Ich sehe ihn mit großen Augen an. Atme schwer. »Was dann«, sind die einzigen dämlichen Worte, die ich über die Lippen bekomme.

Sein Oberkörper hebt und senkt sich ebenso stark wie meiner. Während er an mir hinabsieht, erkenne ich die gleiche Lust in seinen Augen, die auch zwischen meinen Schenkeln pulsiert. Die gleiche Gier nach mehr. Dennoch lässt er von mir ab. Mach weiter, würde ich am liebsten laut schreien. Küss mich, berühre mich, wo auch immer du willst.

»Du willst wissen, was ich vorhabe?«, flüstert er mir ins Ohr. Er knabbert daran, und mich durchfährt es wie nach einem Stromschlag. »Dein kleines Vergehen fordert

Konsequenzen, in diesem Punkt sind wir uns doch einig?«

Ich nicke. Mir sind die Konsequenzen mittlerweile völlig egal. Wenn er mir nur endlich die Bluse öffnet. Und die Jeans.

Seine Hände wandern seitlich an mir hinab. Ich bekomme Gänsehaut, wünschte, er würde mich wieder küssen. Er zieht die Bluse aus den Jeans, fährt entlang meiner Rippen bis zu meinem BH, um ihn nach oben zu schieben. Er umfasst meine Brüste, massiert meine Nippel, bis sie sich erhärten. Ich unterdrücke ein Stöhnen, sehe, wie sehr er sich ebenfalls zur Beherrschung zwingt. Nicht viel, und er fällt über mich her. Nur zu, denke ich.

Seine Hände wandern wieder nach unten. Er öffnet meinen Gürtel, dann die Jeans. Mit einem Ruck zieht er ersteren heraus und macht einen Schritt zurück. Er lässt ihn schnalzen, so laut, dass ich zusammenzucke.

Wieder taucht dieses überlegene Grinsen in seinem Gesicht auf. Nun weiß ich es auch zu deuten: Er ist derjenige, der hier den Ton angibt, daran führt kein Weg vorbei.

Ich habe kein Problem damit. Soll er ruhig, allerdings falle ich bald über ihn her, wenn er noch länger wartet.

»Dreh dich um«, befiehlt er. Ich weiß nicht, was er bezweckt, aber ich gehorche in der Hoffnung, ihn bald endlich berühren zu können.

Mein Herz schlägt schneller, als ich ihn dicht hinter mir vernehme. Ich spüre seinen Atem an meinem Hals. Er ist heiß, dennoch läuft es mir kalt den Rücken hinunter. »Ich werde dich jetzt ... sagen wir, ein wenig bestrafen. Dafür, dass du ohne Fahrausweis in eine U-Bahn steigst, und ...« er schiebt den Kragen meiner Bluse beiseite und haucht mir einen Kuss an den Ansatz meiner Schulter, »... dafür, dass du so unverschämt vorlaut bist.«

Ich schließe die Augen. Ich weiß nicht, was er da redet, aber wenn Bestrafung sich so anfühlt, nehme ich sie gerne in Kauf.

Seine Hände gleiten abermals in Richtung meines Hosenbunds. Ehe ich mich versehe, hat er mir die

Jeans samt Höschen bis unter die Knie gezogen.

Ich halte die Luft an. Auf diese Geschwindigkeit war ich nicht vorbereitet. Aber gut. Er gibt den Ton an.

»Bist du scharf auf mich?«, fragt er mich überflüssigerweise. Ich nicke, obwohl es mir unangenehm ist, mit heruntergelassenen Hosen vor ihm zu stehen, als hätte er mich gerade bei dem Vorhaben erwischt, Pinkeln zu gehen.

»Wie scharf?«

Oh Gott, will er, dass ich auf die Knie falle, damit er mich endlich vögelt? Verdammt scharf, zum Teufel nochmal!

Zum Glück fragt er nicht mehr. Mein sich vor Aufregung heftig hebender

Brustkorb reicht ihm wohl vorerst als Antwort. Seine Finger streichen meinen Po entlang … und genau so plötzlich, wie er zuvor mit der Zunge meinen Mund erobert hat, machen seine Finger es jetzt mit meiner Vagina. Ohne Umweg, ohne ein Zögern dringen sie von hinten in mich ein, erkunden mich fordernd und sanft zugleich.

»Scheiße, bist du feucht«, murmelt er mit zufriedenem Unterton. Es wäre mir peinlich, wäre ich nicht so erregt.

Ähnlich, wie zuvor seine Zunge, zieht er seine Finger gleich darauf aus mir zurück. Ich fühle mich noch immer nicht ganz wohl, dennoch wünschte ich, er würde weitermachen.

»Leg dich nach vorne«, sagt er dann. »Über den Tisch.« Er wird ungeduldig, als ich zögere. »Und nimm die Hände nach hinten.«

Mich nach vorne legen, wiederhole ich im Geiste seine Anweisung. Über den Tisch. Okay, ich mache es. Ich weiß nicht, was ich da im Begriff bin zu tun, aber ich mache es.

Ich lege mein Gesicht seitlich auf die Tischplatte. Sie ist eiskalt, aber ich mag das Gefühl an meinen Nippeln, nur durch den dünnen Blusenstoff von dem kühlen Metall getrennt.

»Gut so«, höre ich ihn. »Und nun noch die Hände hinter den Rücken.«

Ich zögere wieder. Reicht es denn nicht, mich mit heruntergelassenen Hosen vor ihm über einen Tisch zu beugen?

Ich denke, er spürt meine Unsicherheit. Seine Finger beginnen wieder, mich dort unten zu massieren … in einer Art und Weise, die mich dahin schmelzen lässt. Ich stöhne leise, habe plötzlich auch kein Problem mehr damit, mir meine Hände von ihm auf den Rücken legen zu lassen. »Ich werde sie dir nun festbinden«, sagt er.
Ich habe keine Einwände. Er verwendet meinen Gürtel, zieht ihn so stramm, dass es beinahe wehtut. Eigentlich nicht beinahe, aber ich will nicht wehleidig sein.
»Jetzt bitte mich, dich zu ficken.«
Wie bitte? Ähm …. Nein, niemals!
Aus den Augenwinkeln sehe ich, wie er ausholt, im nächsten Moment …
»Aua!«, schreie ich auf, als er mir mit

der flachen Hand so fest gegen den Hintern klatscht, dass es brennt.

»Sag es!«, befiehlt er. Obgleich seines strengen Tonfalls fürchte ich mich nicht. Mir ist, als würde ich seine Lust vibrieren fühlen.

»Aua!« Da hat er mich schon wieder geschlagen.

»Sei froh, dass ich nur meine Hand benutze«, erwidert er und holt zum dritten Mal aus. Dieses Mal ächze ich nur leise. Ich kann spüren, wie es ihm Genugtuung verschafft, wie sich ein zufriedenes Grinsen um seine Mundwinkel legt. »Es gefällt dir, hab ich Recht?«

Weil ich nicht antworte, schlägt er erneut zu, dieses Mal so fest, dass ich aufheulen möchte vor Schmerz, aber ich beiße die Zähne zusammen.

»Antworte mir!«

Ich schüttle den Kopf, worauf ein neuer Schlag gegen meinen Po knallt. Das Paradoxe daran ist wohl, dass ich mich mit jedem Mal noch mehr danach verzehre, ihn endlich in mir zu spüren.

Er streicht mir über die empfindlichen Stellen. Es brennt höllisch, jedoch macht es mir nichts aus, ich hoffe nur, dass er es nun dabei belässt. Obwohl mir dieses Gefühl irgendwie Lust bereitet.

Als er beginnt, meine Klitoris zu massieren, stöhne ich auf.

Wieder hört er abrupt damit auf. Ich bin kurz davor zu schreien, dass er verdammt noch mal weitermachen soll.

Ich höre ihn leise lachen. Das Spielchen scheint ihm zu gefallen. Im gleichen Moment peitscht seine Hand gegen meinen Po. Ich stöhne, vor Schmerz und Lust zugleich. »Ich will es aus deinem Mund hören. Ich werde dich windelweich versohlen, und glaube mir, deine Begierde wird dir zur Qual werden. Also sag es. Sag, dass es dir gefällt!« Ein weiterer Schlag wie ein Peitschenhieb.

Tränen laufen mir übers Gesicht. Er registriert es, beugt sich von hinten über mich. Er greift in mein Haar, zieht meinen Kopf in den Nacken. Er haucht mir einen Kuss ans Ohr. »Ich weiß, du hast das noch nie gemacht. Ich weiß aber auch, dass du es magst. Ich sehe es, und ich spüre es … da unten. Alles, was ich von dir will, sind drei Worte aus deinem Mund: Es. gefällt. mir. Sprich sie aus, oder ich lasse augenblicklich von dir ab.«

Dieser Mann, den ich nicht kenne, schlägt mich und zwingt mich, Sachen zu tun, die mir unangenehm sind. Vielleicht bin ich nicht ganz bei Sinnen, aber dennoch vertraue ich ihm, weiß, dass er mich nicht ernsthaft verletzen würde. Würde ich ihn nun bitten aufzuhören, er würde nicht weitermachen. Aber … will ich, dass er aufhört?

Mein Unterleib protestiert so laut, dass ich mir die Antwort nicht mehr geben muss. Ich weiß nur Eines: Ich würde eher sterben wollen, als jetzt zu gehen.

»Es ...«, beginne ich. Er wartet. Dann richtet er sich auf und schlägt erneut zu. »Wie bitte?«

»Es ...« Ich spüre seine flache Hand drei Mal hintereinander gegen meinen Hintern peitschen. Ich jaule auf vor Schmerz.

»Sag es oder ich prügle es aus dir heraus, sodass du die nächsten zwei Wochen nicht mehr sitzen kannst!« Wieder ein Schlag. Und noch einer-

Jetzt reicht es mir. Ich gebe das letzte Bisschen Kontrolle ab, das ich noch innehatte. »Es gefällt mir!«, sprudelt es aus mir heraus. »Es gefällt mir!«

Er belohnt mich mit seiner Zunge, die mir über die geröteten Stellen leckt, dass mir davon schwindlig wird. Ich habe das Gefühl, keine

Sekunde länger mehr auszuhalten. Mein Verlangen wird so groß, dass ich meine, gleich durchzudrehen.

»Und jetzt bitte mich darum, dich zu ficken«, sagt er, während er seine Zunge um meine Vagina spielen lässt. »Ich will es hören.«

Ich stöhne, als er anfängt, an meinen Schamlippen zu saugen. »Bitte«, stoße ich hervor. »Bitte!«

»Bitte was?«, wiederholt er.

Ich zögere ein letztes Mal. »Schlaf mit mir. Bitte.«

Er steht auf. Öffnet seine Jeans. Oh Gott, wie gerne würde ich ihn ansehen, ihn ... berühren.

Ich höre mich erneut stöhnen, als ich seine Eichel zwischen meinen Pobacken spüre. Mit sanftem Druck reibt er sich an mir. Er ist so hart, dass ich mich wundere, wie er es schafft, so ruhig und kontrolliert zu bleiben.

Er dringt wenige Zentimeter in mich ein, zieht kleine Kreise an der Öffnung meiner Vagina, ehe er ihn mir wieder entzieht. Er quält mich, und es macht ihm auch noch Spaß. Er will mich betteln hören, oder besser noch winseln! Wobei ich nicht sicher bin, ob ich das nicht schon längst mache. Bitte! Bitte tu es endlich! Oder verprügle mich von mir aus wieder, aber tu irgendwas, sonst verliere ich noch meinen Verstand.

Wieder dringt er ein kleines Stück seines Schwanzes in mich ein. Ich stoße ein verzweifeltes Stöhnen aus. »Bitte«, wimmere ich.

Er antwortet, indem er ihn wieder herauszieht.

Ich verliere alle Hemmungen.

»Bitte!«, schreie ich, »Fick mich!«

Er zieht hörbar die Luft ein. Fast gleichzeitig dringt er in mich ein, so plötzlich und fest, dass ich laut ächze. Zum ersten Mal höre ich auch ihn stöhnen.

Er stößt wieder und wieder in mich hinein, füllt dabei jeden Millimeter meiner Vagina aus, bewegt sich, als wisse er nur zu genau, wie man mich befriedigt. Irgendwann wird mir klar, dass ich laut im Rhythmus stöhne.

Als er innehält, flehe ich ihn an, weiterzumachen. Ich weiß, dass ihm genau das gefällt, mittlerweile kümmert es mich auch nicht mehr, was er denkt.

»Ich will dir dabei den Hintern versohlen«, sagt er. Er ist außer Atem, genau wie ich. Ich nicke. Mir ist alles egal, Hauptsache er macht weiter.

Die Schläge, die er mir zwischen seinen Stößen verpasst, verursachen mir mehr Prickeln als Schmerz. Ich finde ernsthaft Gefallen daran.

Ich spüre dieses genüssliche Ziehen im Unterleib. Noch ein paar Sekunden und ich komme. Als würde er es merken, verlangsamt er sein Tempo. Grob packt er mein Haar im Nacken und zieht mich nach hinten.

»Sag, dass du mich willst.«

»Ich will dich!«

»Sag, dass ich es dir besorgen soll.«

»Besorg es mir«, keuche ich, »bitte.«

Er fickt mich noch schneller, noch härter als zuvor und ich bin ihm dankbar dafür. Alles in mir zieht sich zusammen, bis ich so heftig und ergiebig komme wie nie zuvor. Mein Unterleib zieht sich ruckartig zusammen. Ich erzittere, schreie vor Lust, erschlaffe vor ihm auf dem Tisch.

Als ich langsam zu mir komme, merke ich, dass auch sein Körper sich entspannt hat. Er schnauft stark, sein Kopf liegt schwer auf meinen Schulterblättern. Sollte er – wie es den Anschein macht – ebenfalls gekommen sein, so habe ich es nicht mal gemerkt. (…)

Er erhebt sich, zieht sich aus mir zurück. Ich höre, wie er sich einen Gummi vom Penis zieht und in den

Müll wirft. Noch so eine Sache, die ich nicht mitbekommen habe, an die ich nicht mal ansatzweise gedacht hätte. Aber jetzt, im Nachhinein bin ich unendlich dankbar, dass er sich eines übergezogen hat.

Erst, als er wieder angezogen ist, bindet er meine Handgelenke los. Meine Schultern schmerzen, mein Gesicht tut weh, mein Hintern brennt wie Feuer.

Und nun, da ich mich langsam aufrichte und mir Höschen und Jeans nach oben ziehe, kehrt auch etwas wie Schamgefühl in mein Bewusstsein zurück.

Da lehnt dieser umwerfende Mann vor mir an der Tischkante und beobachtet mich dabei, wie ich verlegen meine Haare sortiere und meine Bluse zurück in die Jeans stopfe.

»Dave«, sagt er, worauf ich ihn fragend ansehe. »So heiße ich.«

»Oh.« Ich nicke. »Ich heiße Julia.«

»Ich weiß.« Er grinst.

Oh Gott wie peinlich. Ich weiß nicht, wie ich mich verhalten soll. Ob er mich wiedersehen will …? Ob … ich ihn wiedersehen will? Nach dieser Nummer gerade eben? Ich meine, es war der absolute Hammer, aber es … nicht gerade die Art, wie ich mir ein romantisches Date vorstelle. Eigentlich weiß ich gar nicht, was überhaupt das gerade eben war. Plötzlich habe ich das Gefühl, ich müsste mich dafür rechtfertigen, mit einem wildfremden Mann geschlafen zu haben, sofern dieser Begriff überhaupt passend ist. »Ich … ähm, ich weiß nicht, was da eben in mich gefahren ist. Normalerweise nehme ich mir mehr Zeit, um …«

»Du musst dich nicht schämen«, unterbricht er mich. »Du bist nicht der Typ Frau, der sofort mit jedem ins Bett hüpft, das ist mir klar. Deswegen wollte ich dich ja auch.«

»Du … wolltest mich?«

»Vom ersten Moment, an dem ich dich gesehen habe.«

Ich beäuge ihn skeptisch. »Hast du das etwa geplant?«

Er lacht. »So etwas kann man nicht planen. Aber ich muss zugeben, die Vorstellung, dir den Hintern zu versohlen, hat mich ziemlich aus der Fassung gebracht.«

»Nun sag bloß, die ganze Masche mit dem Fahrschein war ein Fake. Du ... bist gar kein Mitarbeiter der U-Bahnen?« Etwas wie Wut steigt in mir hoch. Klar, da hätte ich doch gleich draufkommen können.

»Natürlich bin ich das. Zwar nur aushilfsweise, aber ich habe dir nichts vorgemacht. Um ehrlich zu sein. war ich sogar ziemlich froh, dass du deine Fahrkarte nicht dabei hattest. Ich meine, hast du schon mal einen Kontrolleur gesehen, der in der U-Bahn eine Frau nach ihrer Telefonnummer fragt? Welche Gelegenheit könnte günstiger sein, sich länger mit dir zu unterhalten?«

»Und gleich einen Grund zu haben, um mich zu verprügeln«, ergänze ich mit zum Teil gespieltem, zum Teil ernstgemeintem Vorwurf.

Nun ist er derjenige, der beschämt lächelt. »Ich dachte, es hätte dir gefallen.«

»Ja.« Ich verschränke trotzig die Arme vor der Brust. »Vorhin irgendwie … da war ich aber nicht ganz bei Sinnen. Jetzt bin ich mir allerdings nicht mehr ganz so sicher.«

»Okay. Und wann glaubst du, weißt du wieder, was du willst?«

»Das weiß ich nicht. Genau genommen kenne ich Sie ja gar nicht, Herr Kontrolleur. Und überhaupt … sollten Sie nicht eigentlich im Dienst sein?«

Dave kneift die Augen zusammen. »Sei mal nicht so frech.«

»Sonst?«

Ich sehe wieder dieses herausfordernde Blitzen in seinen Augen. »Sonst könnte es passieren, dass ich dich an Ort und Stelle hier nochmal übers Knie legen muss.«

Ich hebe die Hände. »Danke, kein Bedarf.«

»Bist du sicher?« Er grinst. Und irgendwie muss ich mir selbst ein Grinsen verkneifen. »Ich ... gehe jetzt«, sage ich, weil mir nichts Besseres mehr einfällt.

»Wohin?«

»Nach Hause!«

»Ich dachte, wir würden etwas essen gehen.«`

Überrascht sehe ich auf.

»Was? Hast du gedacht, ich vögle dich mal eben und will danach nichts mehr mit dir zu tun haben?«

Ich zucke mit den Schultern. Unter Umständen habe ich das gedacht, ja.

»Du hast bestimmt Hunger. Was isst du gerne? Pizza? Burger? Oder lieber etwas Feineres? Ich kenne da ein richtig leckeres Fischrestaurant, in das ich dich gerne ausführen würde.«

Ich sehe an mir hinab. Ich trage Bürokleidung, nicht unbedingt das Outfit für ein nobles Restaurant.

»Pizza wäre super.«

»Also gut, dann Pizza.« Er greift nach seiner Lederjacke. »Bist du soweit?«

Ich nicke. Die Art, wie er plötzlich mit mir spricht, schmeichelt mir. Als kennen wir uns eine Ewigkeit und als sei es eine Selbstverständlichkeit, den restlichen Abend zusammen zu verbringen. Gerade eben hatte ich noch Angst, er hätte mich benutzt. Aber er scheint ehrlich an mir interessiert zu sein.

Als er die Tür öffnen will, hält er inne.

»Weißt du eigentlich, dass du wunderschön bist?«

Ich erwidere ein schüchternes Lächeln, worauf er von der Tür ablässt und mich mit seinem Körper gegen die Wand drückt. Er küsst mich mit einer Intensität, die mir abermals den Boden unter den Füßen wegreißt. Zum Glück hält er mich fest. Endlich, endlich kann ich ihn richtig zurückküssen. Endlich kann ich ihn berühren, durch sein

Haar fahren, seinen Nacken, seine Schultern und seine Brust anfassen. Und … es fühlt sich wirklich gut an, sein Körper ist noch durchtrainierter, als er den Anschein machte. Schon wieder spüre ich dieses Verlangen zwischen meinen Schenkeln. Und das, obwohl mein letzter Orgasmus weniger als fünf Minuten her ist.

Als meine Hände zu Daves Po wandern, durchfährt ihn ein Zittern. Er schnappt sich meine Hände, um sie mir über dem Kopf festzuhalten. An der Garderobe neben der Tür hängen ein paar Kleidungsstücke, darunter zwei Krawatten. Er bindet mir eine davon um die Handgelenke, macht das andere Ende am Haken über mir fest. Mit der zweiten verbindet er mir die Augen. »Vertrau mir«, sagt er. Ich nicke.

Mit zwei ruckartigen Bewegungen reißt er die Knopfleiste meiner Bluse auf und entledigt mich meines BHs. Er zieht mit der Zunge kleine Kreise um meine Brustwarze. Dann knabbert und saugt er abwechselnd daran, erst sanft, schließlich fester. Eine Mischung aus Erregung und leisem Schmerz wandert direkt zu meinem Unterleib. Ich lege den Kopf in den Nacken. Ich hasse es, ihn nicht anfassen zu können, gleichzeitig liebe ich es, ihm so ausgeliefert zu sein.

Er saugt so fest, dass ich aufstöhne. Daraufhin ein so sanftes Lecken, dass ich darunter hinweg schmelze. Ich habe das Gefühl, ich komme gleich, ohne überhaupt ein einziges Mal dort unten berührt worden zu sein.

Als könne er meine Gedanken lesen, wandern seine Lippen an mir hinab. Abermals zieht er mir Jeans und Höschen bis unter die Knie. Er spreizt meine Beine, bis der Hosenbund sich spannt.

Als sich seine Lippen um meine Klitoris legen und seine Zunge mich mit leichtem Druck massiert, geben meine Knie nach. Ich bin froh, an diesem Haken zu hängen, andererseits wäre ich nun zu Boden gegangen.

Er hört auf. Nein, bitte nicht aufhören! Im nächsten Moment höre ich ein leises Schnalzen und ziehe scharf die Luft ein, um sie für

mehrere Sekunden anzuhalten. Was zum Teufel war das gerade? Es hat sich angefühlt wie ein Gummiband, das mir gerade gegen meine Schamlippen geschnellt ist.
Der stechende Schmerz durchfährt meinen gesamten Körper. Mein ganzer Unterleib pulsiert, meine Vagina fühlt sich kochend heiß an. Ich öffne meinen Mund, um zu protestieren, als seine Zunge mich mit sanften Bewegungen für alles entschädigt. Mit zwei Fingern dringt er gleichzeitig in mich ein und drückt von innen eine Stelle, die mich den Verstand verlieren lässt. Solange, bis ich kurz vor dem Höhepunkt bin. Dann hört er wieder auf. Ich beiße, wohlwissend, was nun kommt, die Zähne zusammen: Ein Schnalzen,

ein brennender, punktgenauer Schmerz, der durch meinen Körper jagt. Ich zische, presse die Augen aufeinander, warte tapfer, bis nur noch das Pulsieren um meine Klitoris übrig bleibt. Ich könnte »Stopp« sagen. Ich weiß, dass ich es könnte, und dass er es respektieren würde. Aber ich tue es nicht. Der Reiz, mehr von alledem zu bekommen ist größer als mein Bammel davor. Außerdem komme ich gar nicht zum Nachdenken, denn was Dave mit seinem Mund zwischen meinen Beinen tut, macht es mir unmöglich, einen logischen Gedanken zu fassen.

Ein drittes Mal jagt er mir dieses Etwas gegen die Schamlippen. Und dann verschafft er mir mit Zunge und

Fingern zugleich einen zweiten, ja beinahe noch intensiveren Höhepunkt an diesem Tag.

»Wie war das«, haucht er mir an den Hals, mir zwischen jedem Wort Küsse darauf verteilend.

Abgesehen davon, dass mein Atem noch zu heftig geht, finde ich nicht annähernd die passenden Worte für das, was er eben mit meinem Körper gemacht hat. »Es war ...«, keuche ich, »... unbeschreiblich ...«

»Okay«, erwidert er zufrieden. »Dann bist du bereit für eine Pizza?«

»Nein. Ich will dich. In mir.«

Er lacht leise. »Du hast noch immer nicht genug?« Das lässt er sich nicht zweimal sagen. Er hat den Satz kaum fertiggesprochen, als ich den Reißverschluss seiner Jeans vernehme und er so abrupt in mich hineinstößt, dass mir die Luft wegbleibt.

Erst bewegt er sich langsam, als würde er jeden Zentimeter meiner feuchten Vagina auskosten wollen. Ich komme ihm mit dem Becken entgegen, signalisiere ihm, dass ich noch tiefer in mir spüren will. Er wird schneller, impulsiver, zögert nun nichts mehr hinaus, um mich zum Äußersten zu treiben. Wohlwissend, dass ich meinen Spaß bereits gehabt habe, befriedigt er seine eigene Lust und ich mag es, wie er es tut. Zum ersten Mal habe ich das Gefühl, ein bisschen Kontrolle über seinen Körper zu haben. Ich liebe es, ihn zu beobachten. Ich liebe es, das Objekt seiner Begierde zu sein. Es dauert nicht lange, bis ihn ein Zucken durchfährt. Ich spüre seinen pulsierenden Penis, der noch zwei, drei Male tief in mich hineinstößt.

Seine Ekstase ist es diesmal, die mich zum dritten Orgasmus treibt, gleich einer süßen Woge, die sanft meinen Körper überschwemmt.

Sein Gesicht ruht an meiner Schulter. Sein Atem kondensiert an meiner Haut. Sein Haar ist verschwitzt. Was gäbe ich drum, es ihm aus dem Gesicht zu streichen.

»Mach mich los«, bitte ich ihn, obwohl ich nichts mehr genieße, als seine Nähe.

Er tut es ohne Umstände.

Ich nehme sein Gesicht in die Hände, küsse ihn. »Pizza?«, frage ich.

Er antwortet mit einem Nicken.

Ende.

Buchtipp:
Unterweisung auf Burg Lengenfeldt
Rosa – die Lustbarkeit des Seins

„... Seine Hände packten ihre Oberschenkel und er zog sie an seinen Stab heran, der wieder ganz hart war, so wie vorhin in ihrem Mund. Er steckte seinen Stab zwischen ihre unteren Lippen und begann sich an ihr zu reiben. Dabei wurde es richtig feucht da unten, was Rosa verwunderte. Zu seinen Bewegungen kamen durch die Reibung flutschende Geräusche, die sie bisher nicht kannte. Und mit einem Mal änderte sich der Winkel seines Stabes und er fuhr in sie hinein. Der Herzog nahm ihre Hände mit seinen und zog sich in sie hinein, bis sie einen leichten Schmerz verspürte, und es fühlte sich so an als wäre in ihr drinnen etwas gerissen. Sie zuckte zusammen, zeigte aber sonst keine Anstalten, dass es ihr nicht gefallen würde. Im Gegenteil, sie fand, dass was der Herzog mit ihr machte sogar etwas spannend. Dass es überhaupt möglich war, dass jemand mit seinem Stab so tief in sie eindringen konnte, wusste sie bis dahin nicht...."

Zu finden unter
ISBN: 9783741292347

Impressum

DiKay

c/o BJ-Autorenservice

Gildehauser Weg 140a

48529 Nordhorn

Email: dikaybooks@gmail.com

Copyright © 2016 DiKay

Alle Rechte vorbehalten.

Das Werk ist urheberrechtlich geschützt und jede Verwertung ist ohne Zustimmung des Autors unzulässig.

Dies gilt insbesondere für die elektronische oder sonstige Vervielfältigung, Übersetzungen und öffentliche Zugänglichmachung.

Photo: fotolia.com | Datei: #115448745 | Urheber: golubovy